Jihad Darwiche est né au Liban et vit aujourd'hui en Provence. Comme sa mère, il est conteur et trouve son inspiration dans les récits traditionnels d'Orient et du Bassin Méditerranéen. Il intervient dans des théâtres, des écoles ou encore des prisons. Il a déjà publié six contes aux éditions de L'Harmattan.

Marc Daniau vit en région parisienne. Trois jours passés dans le désert du Niger lui ont laissé une forte impression. Il a aimé la complicité des caravaniers et de leurs chameaux ; et, depuis, c'est une réelle fascination que cet animal exerce sur lui. Dans un tout autre registre, il a illustré la vie de Sitting Bull dans *La Cinquième Saison* au Seuil Jeunesse.

Collection dirigée par Michel Piquemal

Loi 49956 du 16 juillet 1949 sur les publications destinées à la jeunesse
Dépôt légal : premier semestre 1999 — N° d'édition : 11 461 — ISBN : 2-226-10137-3
ISSN : 1284-8063
Imprimé en France par Pollina, n°76250/A

JIHAD DARWICHE

LE DERVICHE ET LE MARCHAND

Un conte adapté des Mille et une nuits

Illustrations de Marc Daniau

Albin Michel Jeunesse

IL ÉTAIT UNE FOIS, DANS LA VILLE DE BAGDAD, UN RICHE MARCHAND QUI POSSÉDAIT UNE CARAVANE DE QUARANTE CHAMEAUX. Il avait l'habitude d'acheter des marchandises et de partir loin jusqu'en Chine pour les vendre.

De ces contrées lointaines, il ramenait parfois de la vaisselle en porcelaine ou d'autres marchandises précieuses qu'il vendait à leur tour.

Ce marchand avait un fils unique qui passait son temps dans les tavernes avec ses amis, à boire, à chanter et à dépenser sans compter. Sentant la mort approcher, le marchand appela son fils et lui dit :

« Je suis bien vieux et je dois quitter cette vie. Bientôt tu seras seul et il faudra que tu travailles, car, même si elles paraissent inépuisables, les richesses ont une fin. Les amis qui t'entourent ne sont là que pour ton argent. Le jour où il s'en sera allé, ils s'en iront eux aussi. Si par malheur ce jour doit arriver, il vaudra mieux pour toi quitter la vie. Dans la grande salle de la maison, il y a un anneau, attache une corde à l'anneau et pends-toi. »

Le marchand rendit l'âme et, comme il l'avait prédit, son fils dilapida son héritage. Bientôt, le jeune homme n'eut plus un sou en poche. Alors, ses amis commencèrent à le quitter et il se retrouva seul dans sa maison. En regardant autour de lui, il vit l'anneau au milieu du plafond et se rappela les paroles de son père. Il prit alors une corde, la passa dans l'anneau et décida de se suicider. Mais quelle ne fut pas sa surprise de voir l'anneau céder sous son poids, laissant tomber en pluie mille pièces d'or. Au beau milieu de ce trésor, il trouva aussi un morceau de papier où son père lui avait écrit ces quelques mots :

« C'est ta dernière chance, saisis-là ! ».

Le fils du marchand était fou de joie. Comprenant la leçon, il décida de devenir raisonnable, d'acheter quarante chameaux et de vivre du commerce comme le faisait son père avant lui. C'est ainsi qu'il devint marchand à son tour.

Bien des années plus tard, un jour qu'il revenait de Chine avec ses quarante chameaux, il rencontra un vieux derviche en plein milieu du désert, près d'un rocher.

Un derviche est un sage qui ne possède rien et que rien ne possède. Le saint homme lui dit :

– Mon fils, tu as quarante chameaux qui ne sont pas chargés ; et moi, je connais un trésor qui est tout près d'ici. Si tu viens avec moi, nous pourrons prendre le trésor, et nous le partagerons en deux : une moitié pour toi, et une moitié pour moi.

Le marchand n'hésita pas et suivit le derviche. Ils ne marchèrent pas très longtemps. Arrivés au pied d'une dune, le derviche dit :

– C'est ici.

Il se baissa, dessina un cercle, écrivit sur le sable des mots que le marchand ne comprit pas, dit des mots que le marchand ne comprit

pas, puis il enleva le sable. Sous le sable, il y avait une dalle. Le vieux derviche enleva la dalle et découvrit un large escalier qui s'enfonçait au fond de la terre. Les deux hommes descendirent l'escalier. Ils comptèrent cinquante marches. En bas de l'escalier, il y avait un palais immense. Le vieux derviche se mit à ouvrir les salles du palais, l'une après l'autre ; et chaque fois qu'il ouvrait une salle, le marchand ouvrait de gros yeux étonnés, car le palais était rempli de trésors ! Le vieux derviche dit au marchand :

– Mon fils, reste calme. Choisis seulement les grosses perles et les gros diamants, car ce sont les plus chers. Ne prends pas les petits.

Les deux hommes choisirent les grosses

perles et les gros diamants. Ils remplirent des sacs et chargèrent les chameaux. Ils chargèrent le premier chameau. Ils chargèrent le deuxième chameau. Ils chargèrent le troisième chameau… Ils chargèrent ainsi les quarante chameaux. Le marchand voulait encore prendre des perles, mais le vieux derviche le raisonna :

– Il faut s'arrêter, mon fils. Dans la vie, il y a toujours un moment où il faut s'arrêter. Si tu continues à mettre des perles sur le dos de tes chameaux, ils ne pourront plus marcher.

Mais avant de quitter le palais, le vieux derviche entra dans la dernière salle. Elle semblait vide. Il n'y avait là ni perles, ni diamants. Seulement un socle en bois d'ébène, au milieu de la pièce, et sur le socle, une boîte minuscule en bois sculpté. Le marchand, qui l'observait du coin de l'œil, vit le vieux derviche prendre la boîte et la mettre dans sa poche.

Les deux hommes quittèrent alors le palais et remontèrent à la surface de la terre. Le vieux derviche remit la dalle à sa place, la couvrit de sable, redessina un cercle, réécrivit des mots que le marchand ne comprit pas, redit des mots que le marchand ne comprit toujours pas… et les traces disparurent à l'instant. Alors, les deux hommes et les quarante chameaux chargés de trésors partirent ensemble. Lorsqu'ils arrivèrent près du rocher

où ils s'étaient rencontrés, le vieux derviche dit au marchand :

– Mon fils, nos chemins se séparent ici. Toi, tu vas vers la ville de Bagdad, moi, je vais dans l'autre sens. Alors nous allons partager comme convenu. Choisis donc vingt chameaux, je prendrai les vingt autres.

Le marchand était malin. Il choisit les vingt chameaux qui étaient les mieux chargés, les attacha les uns derrière les autres et prit la route de Bagdad, alors que le vieux derviche partait avec les vingt chameaux qui restaient, dans l'autre sens.

Mais lorsque le marchand eut fait cinquante pas, il réfléchit et se dit : « Lui, c'est un vieux derviche qui passe sa vie à faire la prière ; que va-t-il faire avec tout ce trésor ? »

Et joignant le geste à la réflexion, le marchand quitta ses vingt chameaux et courut rattraper le vieux derviche.

– Hola ! homme de bien ! lui cria-t-il, n'as-tu pas peur que vingt chameaux chargés de

trésors t'éloignent de Dieu, pourquoi ne m'en donnerais-tu pas la moitié ?

Le vieux derviche fixa le marchand de son regard tranquille, puis il sourit :

– Tu veux dix chameaux, mon fils ? Eh bien, choisis les dix chameaux que tu désires. Ils sont à toi !

Le marchand se hâta de choisir dix chameaux qu'il tira et attacha aux vingt chameaux qu'il possédait déjà et partit ainsi avec trente chameaux. Mais lorsqu'il eut fait cinquante pas de plus, il réfléchit et se dit :

« Finalement, si j'avais su que le vieux derviche me donnerait dix chameaux si facilement, j'en aurais demandé quinze ».

Et joignant le geste à la réflexion, il quitta ses trente chameaux et courut rattraper le vieux derviche :

– À ton âge, lui dit-il, que peux-tu faire avec dix chameaux chargés de trésors ? Pourquoi ne m'en donnes-tu pas la moitié ?

Le vieux derviche fixa le marchand de son regard tranquille puis il sourit :

– Tu veux cinq chameaux, mon fils ? Eh bien, choisis les cinq chameaux que tu désires. Ils sont à toi.

Le marchand se hâta de choisir cinq chameaux qu'il tira et attacha aux trente qu'il possédait déjà et partit ainsi avec trente-cinq chameaux.

Mais lorsqu'il eut fait cinquante pas de plus, il réfléchit et se dit : « Je suis complètement idiot ; moi je suis jeune et fort, alors que le derviche est vieux. S'il ne veut pas me donner les cinq chameaux qui lui restent, je les prendrai de force. »

Et joignant le geste à la réflexion, le marchand quitta ses trente-cinq chameaux et courut rattraper le vieux derviche :

– Ne me raconte pas d'histoires ! Tout le monde chez nous sait qu'un vieux derviche se contente de trois dattes et d'un morceau de pain sec par jour. Alors pourquoi ne me donnes-tu pas les cinq chameaux qui te restent ?

Le vieux derviche fixa longtemps le marchand de son regard, puis il sourit :

– Tu désires les cinq chameaux qui restent, mon fils ? Eh bien prends-les ! Ils sont à toi !

Le marchand se hâta de prendre les cinq chameaux, les attacha aux trente-cinq qu'il possédait déjà et partit avec sa caravane de quarante chameaux chargés de trésors.

Il était fou de joie. Il se sentait l'homme le plus riche de la terre. Il sautait, chantait et dansait comme un enfant.

Mais c'est alors qu'il se rappela la boîte que le derviche avait mise dans sa poche. « Je suis sûr que cette boîte est plus importante que tous les trésors, sinon le vieux derviche ne l'aurait pas gardée. Il me la faut. »

Et joignant le geste à la réflexion, il quitta ses quarante chameaux et courut rattraper le vieux derviche. Celui-ci était loin mais le marchand était jeune, il finit bientôt par le rejoindre :

– Avant de quitter le palais, lui dit-il, je t'ai vu prendre une boîte et la mettre dans ta poche. Ne veux-tu pas me la donner ?

Le vieux derviche fixa longtemps le marchand, puis lui dit :

– Tu veux cette boîte mon fils ? Bien sûr que je te la donne. Mais fais bien attention : dans cette boîte il y a une pommade, si tu en mets sur ton œil droit, tu verras tous les trésors de la terre, l'endroit où ils sont cachés et comment faire pour les trouver. Mais prends bien garde, car si tu mets de la pommade sur ton œil gauche tu deviendras aveugle à l'instant même et pour toujours.

Le marchand était méfiant. Il attendit que le vieux derviche disparaisse, puis il ouvrit la boîte et se rendit compte que le derviche avait dit vrai : dans la boîte il y avait de la pommade. Le marchand prit de la pommade et en mit sur son œil droit. Ce qu'il vit était fascinant : tous les trésors de la terre défilaient devant lui. Il voyait où ils se trouvaient, ce qu'ils contenaient et surtout comment faire pour s'en emparer.

Tous les trésors de la terre étaient à lui.

C'est à ce moment-là que le marchand se dit : « Je suis sûr que si je mets de la pommade sur mon œil gauche, je verrai aussi les trésors de la mer et des océans ».

Et joignant le geste à la réflexion, le marchand prit de la pommade et en mit sur son œil gauche. À l'instant même, il devint aveugle.

Aveugle en plein milieu du désert, il n'a jamais réussi à retrouver ses quarante chameaux. Il a erré sans fin au risque de mourir de soif. Et l'histoire dit que les quarante chameaux chargés de perles et de diamants sont toujours en train de courir dans le désert.

Alors, si un jour vous y allez, ouvrez bien les yeux…

LES TROIS VÉRITÉS

IL ÉTAIT UNE FOIS UN CHASSEUR QUI AVAIT L'HABITUDE DE POSER DES PIÈGES LE MATIN ET D'ALLER LES RELEVER L'APRÈS-MIDI. Un jour, comme tous les jours, le chasseur alla voir ses pièges. Dans le premier, il n'y avait rien ; dans le second, il n'y avait rien. Dans le troisième non plus. Mais dans le tout dernier, il y avait un oiseau plus petit qu'une noix.

Le chasseur prit l'oiseau dans sa main gauche et son couteau dans la main droite. Il approcha la lame de la gorge de l'oiseau. Mais l'oiseau lui dit :

– Attends, que fais-tu ? Je suis tellement petit que même si tu me manges, tu auras encore faim. Par contre, si tu me laisses partir, je te dirai trois vérités, trois paroles de sagesse...

En ce temps-là, on aurait donné plusieurs chamelles pour une seule parole sage. Aussi, le chasseur se dit : « Trois vérités pour un misérable petit oiseau ; je veux bien faire l'échange ! » Cependant il dit à l'oiseau :

– Qu'est-ce qui me prouve que lorsque je t'aurai laissé partir, tu me diras trois vérités ?

– C'est simple, lui répondit l'oiseau. La première vérité, je te la dirai alors que je serai encore dans ta main. La deuxième, lorsque je serai dans l'arbre. Et la troisième, lorsque je serai dans le ciel.

Le marchand trouva que le contrat était honnête.

– Parle donc, je t'écoute…

– La première vérité, dit l'oiseau, la voici : ne regrette jamais quelque chose que tu as perdu.

Et l'homme s'exclama :

– Tu as raison, c'est là une belle vérité !

Il ouvrit la main et l'oiseau s'envola pour aller se poser sur une branche.

L'oiseau dit à l'homme :

– Tu veux la seconde vérité, la voici : ne crois pas quelque chose si tu ne peux pas le vérifier.

L'homme pensa : voilà une bien belle vérité !

L'oiseau s'envola alors dans le ciel et dit au chasseur :

– La troisième vérité est celle-ci : je porte dans mon gosier un diamant deux fois plus gros qu'une noix. Si tu m'avais gardé, tu aurais été un homme riche !

Le chasseur se mit à pleurer et à s'arracher les cheveux, répétant sans cesse qu'il venait de perdre une fortune.

Alors l'oiseau se moqua de lui :

– Homme, je vais te dire une quatrième vérité gratuite. L'homme est un imbécile, il n'apprendra jamais rien !

Je t'ai dit qu'il ne fallait pas regretter quelque chose que tu as perdu et tu regrettes déjà. Je viens de te dire qu'il ne faut pas croire quelque chose que tu ne peux pas vérifier. Et tu es prêt à croire que, moi qui suis plus petit qu'une noix, je porte un diamant deux fois plus gros qu'une noix…

Sur ces belles paroles, l'oiseau disparut, laissant dans le ciel un sillage lumineux que le chasseur regarda longtemps d'un air idiot.